ADAPTACIÓN
BETO JUNQUEYRA

VERSIÓN EN ESPAÑOL
LOURDES BALLESTEROS MARTÍN

ILUSTRACIONES
DANILO TANAKA

LA VUELTA AL MUNDO EN 80 DÍAS

JULES VERNE

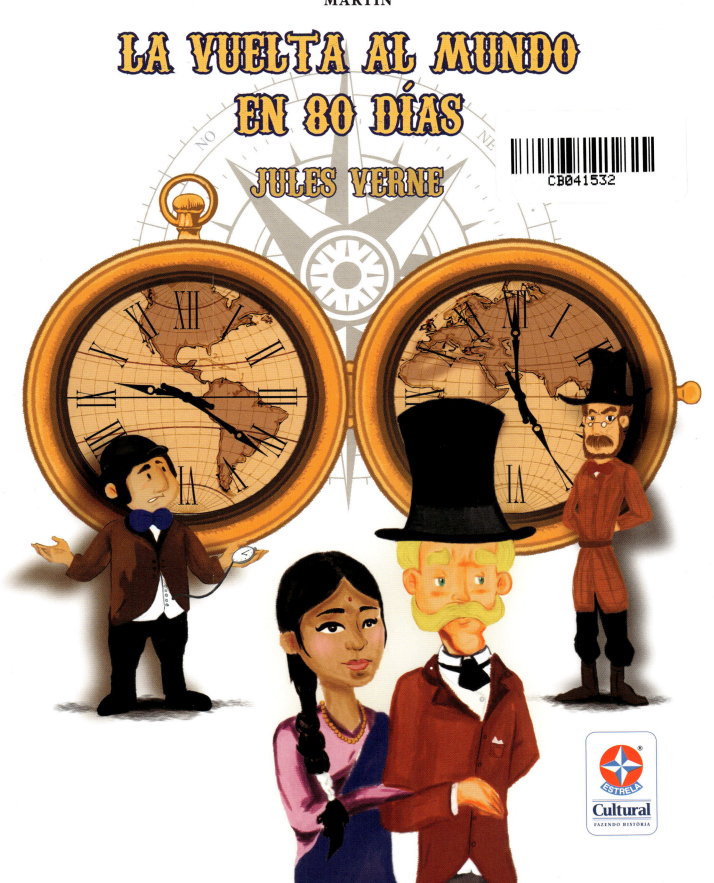

© 2022 – Todos los derechos reservados

GRUPO ESTRELA
Presidente Carlos Tilkian
Director De Marketing Aires Fernandes

EDITORIAL ESTRELA CULTURAL
Editor Beto Junqueyra
Redactora Célia Hirsch
Coordinadora Editorial Ana Luíza Bassanetto
Ilustraciones Danilo Tanaka
Proyecto Artístico Ana Luíza Bassanetto
Correctores Mariane Genaro, Luiz Gustavo Micheletti Bazana
Revisor Felipe Guimarães
Traducción Lourdes Ballesteros Martín

```
Dados Internacionais de Catalogação na Publicação (CIP)
       (Câmara Brasileira do Livro, SP, Brasil)

   Junqueyra, Beto
      La vuelta al mundo en 80 días / Jules Verne ;
   tradução e adaptação Beto Junqueyra ; ilustração
   Danilo Tanaka ; versão em espanhol Lourdes
   Ballesteros. -- Itapira, SP : Estrela Cultural,
   2022.

      Título original: Le tour du monde en 80 jours
      ISBN 978-65-86059-91-5

      1. Literatura infantojuvenil I. Verne, Jules,
   1828-14905. II. Tanaka, Danilo. III. Título.

22-104630                                   CDD-028.5
            Índices para catálogo sistemático:

   1. Literatura infantojuvenil 028.5
   2. Literatura juvenil 028.5

   Aline Graziele Benitez - Bibliotecária - CRB-1/3129
```

La reproducción total o parcial, por cualquier medio,
está prohibido sin el permiso expreso del editor

Três Pontas/MG – 2022 - Impreso en Brasil.
Todos los derechos reservados para la editorial Estrela Cultural Ltda.

Rua Municipal CTP 050 Km 01, Bloco F, Bairro Quatis
CEP 37190000 – Três Pontas/MG CNPJ: 29.341.467/0002-68
estrelacultural.com.br estrelacultural@estrela.com.br

Introducción

La vuelta al mundo en 80 días es una novela de aventuras escrita por Jules Verne en 1873. La obra retrata los avances tecnológicos de aquellos tiempos. En realidad, hasta la segunda mitad del siglo XIX, recorrer el mundo era algo muy difícil en comparación con los días de hoy. Hacerlo sería, como mínimo una hazaña que tendría un plazo imprevisible, tal vez de muchos meses. Sin embargo, con la aparición de potentes barcos a vapor y la creación y expansión de líneas ferroviarias que atravesaban territorios como la India y los Estados Unidos, esto se hizo posible. Aun así, si alguien decía que podría realizar esta proeza en ochenta días, superando todo tipo de desafíos, habría parecido una idea de locos. Un excéntrico inglés, llamado Phileas Fogg (pronunciado "fileas", nombre de origen griego), retado por sus colegas de un club de Londres, se embarca en una aventura llena de suspense. Está acompañado por el torpe Passepartout (pronunciado Passpartú, nombre francés), lo que hace que la trama sea aún más divertida. En la adaptación del escritor Beto Junqueyra, con ilustraciones de Danilo Tanaka, el joven lector sentirá en cada página esta lucha contra el tiempo y el espacio y descubrirá culturas diferentes de varias partes del mundo.

Phileas Fogg, un hombre de pocas palabras y muchos misterios

EL 2 DE OCTUBRE DE 1872, en el número 7 de la calle Saville Row, en Londres, vivía Phileas Fogg. Hombre de pocas palabras, llevaba una vida rutinaria perfecta. Sus movimientos obedecían a las agujas de un reloj. Todo debía ser ejecutado de forma precisa. Ni en un segundo más, ni en un segundo menos. Este rigor era tan grande que le costó caro a un criado. Al preparar la loción para afeitarle la barba a su amo, se equivocó con la temperatura y calentó el agua a 29°, en lugar de 30°. Solo por esta razón o, mejor dicho, por todo esto, fue despedido y, ese mismo día, reemplazado por un joven francés llamado Jean Passepartout.

A pesar de tanta precisión, la vida de Phileas Fogg era un misterio para todos. ¿Sería un hombre rico? Difícil de negar. Sin embargo, ¿cómo había hecho su fortuna? Nadie lo podría adivinar. ¿Habría viajado mucho? Probablemente, porque conocía los mapas como nadie. Pero ¿para dónde? Imposible de señalar. ¿Tendría parientes y amigos? Nunca se tuvo ninguna noticia. Era miembro del Club Reform. Y eso era todo lo que se sabía de él.

Como todos los días, Phileas Fogg salió de su casa cuando las agujas del Big Ben marcaban precisamente las 11:30 h. Después de hacer el mismo camino, pisando quinientas setenta y cinco veces con el pie derecho y quinientas setenta y seis veces con el pie izquierdo, rigurosamente por delante del derecho, el misterioso caballero llegó al Reform Club.

Su rutina obedecía al ritual de siempre: sentado en la misma mesa, pidió el mismo plato y terminó su comida puntualmente a las 12:47 h. A continuación, se dirigió al gran salón donde leyó dos periódicos hasta la hora de la cena. Finalmente, en el mismo salón, a las 17:40 h, comenzó a leer el tercer periódico del día.

Phileas Fogg parecía estar encadenado a su reloj de bolsillo. ¿O era el tiempo el que nunca se le escapaba? Sin embargo, un acontecimiento inesperado iba a poner a prueba toda su sistemática vida...

Una conversación que podría costarle muy caro a Phileas Fogg

DESPUÉS DE LEER EL PERIÓDICO, Phileas Fogg se encontró con sus cinco colegas habituales de juego de cartas. Personas ilustres y poderosas, estaban hablando sobre el asunto más comentado de todo el país: el increíble robo de cincuenta y cinco mil libras del Banco de Inglaterra.

— No creo que consigan detener al ladrón, — afirmó el ingeniero Andrew Stuart.

— ¡No podrá escapar! — discrepó Gauthier Ralph, uno de los administradores del banco y añadió: — Muchos inspectores de policía van tras su pista.

— ¡Pero el mundo es muy grande! — insistió Stuart.

— Ya no lo es — le contradijo Phileas Fogg, a media voz.

— ¿Cómo? ¿Acaso la Tierra disminuyó de tamaño? – preguntó Stuart.

— Sin duda, ahora es posible recorrerla en ochenta días – respondió Ralph.

— Es verdad, señores, — interrumpió el banquero John Sullivan. — Ochenta días desde que se inauguró el tramo del ferrocarril entre Rothal y Allahabad, en la India. Miren los cálculos realizados por el periódico *Morning Chronicle*:

Cálculo para dar la vuelta al mundo en 80 días

DE LONDRES A SUEZ PASANDO POR EL MONTE CENIS Y BRINDISI, Tren y Barcos	7 DÍAS
DE SUEZ A BOMBAY, Barco	13 DÍAS
DE BOMBAY A CALCUTA, Tren	3 DÍAS
DE CALCUTA A HONG KONG, Barco	13 DÍAS
DE HONG KONG A YOKOHAMA, Barco	6 DÍAS
DE YOKOHAMA A SAN FRANCISCO, Barco	22 DÍAS
DE SAN FRANCISCO A NUEVA YORK, Tren	7 DÍAS
DE NUEVA YORK A LONDRES, Barco y Tren	9 DÍAS
TOTAL	80 DÍAS

— Pero debemos tener en cuenta el mal tiempo, los vientos contrarios, los naufragios y descarrilamientos de trenes — respondió Stuart.

— ¡No! Teniendo en cuenta todo eso, — insistió Phileas Fogg.

— En teoría, mister Fogg, tiene razón, pero en la práctica...

— En la práctica, también, señor Stuart.

— ¡Apuesto cuatro mil libras a que eso es imposible! — dijo Stuart.

— Y yo apuesto veinte mil libras con los caballeros a que consigo dar la vuelta al mundo en ochenta días, — refutó Phileas Fogg.

— ¡Eso es una locura! — gritó Sullivan.

— No lo es. ¿Aceptan la apuesta?

— ¡Aceptamos! Respondieron los colegas en coro.

— Tomaré el tren que sale para Dover hoy miércoles, a las 20:45 h. Regresaré a este salón el sábado, 21 de diciembre, a las 20:45 h. Exactamente ochenta días después. Ni un segundo más.

Antes de salir del Reform Club, Phileas Fogg jugó todavía otra partida de cartas. Eran las 19:25 h. Con su ritmo habitual, llegó a su casa a las 19:50 h. Tan pronto cerró la puerta, ordenó a Passepartout:

— Prepare una bolsa con una muda de ropa para cada uno. Salimos en diez minutos a dar la vuelta al mundo.

Passepartout, que apenas tuvo tiempo de digerir la noticia, trató de obedecer a su patrón y preparó inmediatamente el equipaje. Los dos salieron de la residencia a las 20:00 h y se dirigieron a la parada de taxi. El joven francés sólo llevaba una maleta y una bolsa llena de dinero, dinero que mister Fogg usaría para todos los gastos de su vuelta al mundo.

Al llegar a la estación de Charing Cross, la pareja se encontró con los cinco colegas del Reform Club, alineados en la plataforma de embarque. Phileas Fogg se dirigió a ellos y les dijo:

— Señores, me marcho. Todos los sellos estampados en mi pasaporte permitirán, cuando regrese, confirmar mi itinerario.

Andrew Stuart dio un paso adelante y le advirtió:

— No olvide que deberá estar de vuelta…

— En ochenta días, — continuó el señor Fogg y añadió:

— El sábado, 21 de diciembre de 1872, a las 20:45 h en el gran salón del Reform Club. Hasta pronto, caballeros.

Sin decir una palabra más, los dos subieron al tren. Bajo una llovizna, la locomotora silbó puntualmente a las 20:45 h. Las ruedas empezaron a girar a toda prisa, igual que las agujas del reloj de la estación. Phileas Fogg y Passepartout, a bordo del vagón de primera clase, partieron rumbo a Dover, primer destino de la desafiadora vuelta al mundo.

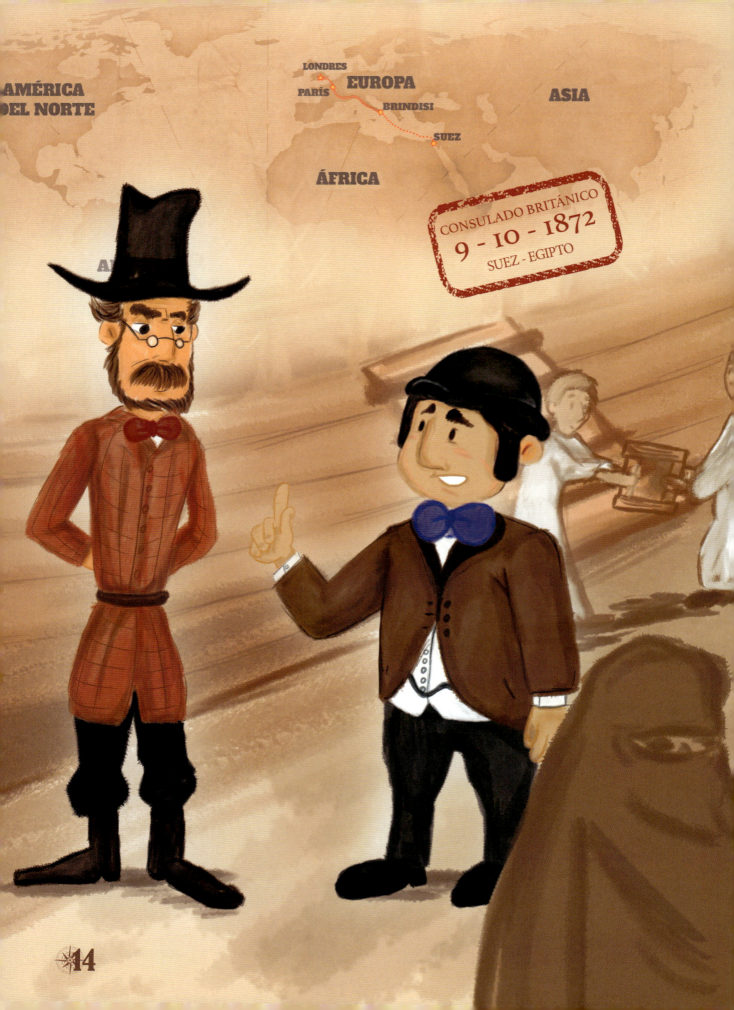

Un inspector de policía tras la pista de un elegante caballero

LOS DÍAS PASARON. El 9 de octubre, el inspector de policía Fix esperaba ansiosamente la llegada de los pasajeros del barco *Mongolia*, procedente del puerto italiano de Brindisi. Fix era uno de los detectives enviados alrededor del mundo para arrestar al ladrón del Banco de Inglaterra. Dos días antes, Fix había recibido la descripción del ladrón: se trataba de un caballero alto y elegante, que siempre llevaba un sombrero de copa, de cabello rubio, bigote largo perfectamente dividido en el medio.

Su respiración entrecortada se tranquilizó al fin con la llegada del *Mongolia*. En medio de tantos pasajeros surgió uno especialmente presuroso que le preguntó al oficial de policía dónde se encontraba el consulado británico. Era Passepartout que necesitaba sellar el pasaporte de su patrón, Phileas Fogg. Al ver la foto del caballero inglés, Fix ordenó que se presentase a las autoridades. Lo cierto era que mister Fogg se parecía al sospechoso del gran robo. Sin embargo, para arrestarlo, el detective Fix necesitaría una orden de arresto enviada desde Londres.

Passepartout regresó al barco y, minutos después, Phileas Fogg entraba en la oficina del consulado. Fix lo estaba esperando junto al cónsul, que le selló su pasaporte y le dejó marchar: no había razón alguna para no dejarle seguir su viaje, ya que sus papeles estaban en regla. El inspector se puso furioso, pero no pudo hacer nada. Como la orden de arresto no llegaría a tiempo, Fix no podía detenerlo y ni siquiera le informó al caballero inglés de que corría el riesgo de ir a la cárcel.

Acompañado por Passepartout, Phileas Fogg regresó a bordo tranquilamente. Fix, como no quería perder de vista al sospechoso, decidió embarcar en el *Mongolia* rumbo a Bombay, una de las mayores ciudades de la India que pertenecía a la corona inglesa. Allí, esperaba recibir la orden para arrestar a ese hombre misterioso que, a los ojos del detective, trataba de escapar de la policía.

El *Mongolia* siguió, pues, las aguas del Mar Rojo a todo vapor. Hasta ese momento, Phileas Fogg estaba cumpliendo con lo que había programado. El tiempo transcurrido de Londres hasta Suez, ciudad egipcia, no le había dado ninguna ventaja o atraso. Todo ocurrió sin ningún sobresalto: el viaje en tren de Londres a Dover; la travesía del canal de la Mancha en barco hasta el puerto de Calais y desde allí hasta París; de la capital francesa, siempre en tren, vía Turín en el norte de Italia, hasta el puerto de Brindisi, justo en la punta del tacón que ayuda a dar forma de bota a ese país; y ya a bordo del *Mongolia*, todo el trayecto de Europa hasta Egipto. Todo según lo calculado. Camino de la India, el barco hizo escala en Adén, al sur de la península arábiga, para repostar combustible.

Passepartout encontró al agente Fix a bordo, sin darse cuenta de que el policía seguía la pista de su patrón. El inspector buscaba más información sobre las intenciones del caballero inglés. Fix desconfió más cuando Passepartout le contó que mister Fogg le había anunciado de forma repentina un viaje alrededor del mundo, debido a una apuesta. Las sospechas aumentaron aún más cuando el francés le contó que llevaba una bolsa llena de billetes nuevos del Banco de Inglaterra para pagar los gastos de ese largo viaje. La idea parecía una locura, pero él seguía las órdenes de su amo. Y no sabía nada más sobre el asunto. Ni siquiera quería saber más. Para él, que solo conocía Europa, el viaje se había convertido en una gran aventura.

4 Buenos vientos a favor de Mister Fogg

EL MAR AYUDÓ A PHILEAS FOGG: el *Mongolia* avanzó rápidamente por las corrientes del océano Índico y llegó a Bombay el 20 octubre, con una ventaja de dos días respecto al pronóstico.

Phileas Fogg ni siquiera pensó en conocer las bellezas de la ciudad. Ni siquiera quiso ver sus fuertes, su magnífica biblioteca, sus animadas ferias, sus bazares, sus mezquitas, sinagogas e iglesias armenias. Al pisar en suelo hindú, simplemente se dirigió al consulado británico. Un sello más confirmaba sus pasos alrededor del mundo. A su vez, el inspector Fix se decepcionó cuando descubrió que su orden de arresto no había llegado. Sin otra opción, tuvo que continuar tras los pasos del imperturbable caballero inglés.

Mientras tanto, el inquieto Passepartout no pudo resistir a aventurarse por las calles de Bombay. Su curiosidad lo llevó a la espléndida pagoda de Malabar Hill, donde entró sin prestar atención. El joven francés no sabía que el acceso a esos templos estaba prohibido para extranjeros. Su presencia en aquel lugar sagrado despertó la ira de algunos asiduos. El atlético francés tuvo que mostrar su fuerza y agilidad mientras corría, perseguido por algunos exaltados fieles. En su huida, perdió sus zapatos, lo que le costaría muy caro después...

Minutos más tarde, la locomotora silbó con fuerza y desapareció en la noche en dirección a Calcuta, que estaba al otro lado de la India. A bordo, Passepartout encontró ya acomodado a Phileas Fogg y, cerca de él, a un compañero de viaje cada vez más molesto: el Inspector Fix.

Acontecimientos inesperados en los Bosques de la India

EL VIAJE EN TREN TRANSCURRIÓ SIN INCIDENTES, pasando por las montañas de los Gates y por la región relativamente plana del territorio de Khandeish, con parada en Burhampur para que los pasajeros almorzasen. La locomotora avanzaba rápidamente a lo largo de su curso, expulsando un humo que diseñaba espirales en el paisaje. Las palmeras parecían saludar a los viajeros, balanceándose entre pintorescos bungalós y magníficos templos. Sin embargo, al llegar a la estación de Rothal, después de un día más de viaje, recibieron una noticia sorprendente:

— ¡Que todos los viajeros bajen aquí! — ordenó el conductor.

Los pasajeros ni siquiera tuvieron tiempo de quejarse. El maquinista explicó que el tramo entre aquella localidad y Allahabad no estaba finalizado. ¡Los periódicos europeos habían publicado una información equivocada! Quien quisiera ir a Calcuta y completar el recorrido hasta el este de la India, necesitaría atravesar el bosque utilizando otro medio de transporte.

El tranquilo caballero inglés no se rendía nunca, ya que sabía que los dos días de ventaja que tenían servirían justamente para afrontar los posibles contratiempos. La solución para llegar a Allahabad no se haría esperar. Passepartout, todavía descalzo, al salir para comprar algún tipo de calzado, encontró algo más que un buen par de pantuflas de cuero. El criado descubrió un modo inesperado de locomoción: ¡nada más y nada menos que "a bordo" de un elefante!

23

Mister Fogg contrató a un guía hindú que conocía bien los atajos de la región y, a los pocos minutos, se adentraron en la jungla india. Phileas Fogg se instaló en la parte trasera de un gran cesto. En la parte delantera, colocaron el equipaje de la pareja. Passepartout se sentó encima del equipaje, justo detrás del guía, que los condujo al corazón de la selva.

La marcha del paquidermo transcurría sin sorpresas, mientras que Passepartout se balanceaba como si estuviera en un picadero de circo. Los monos observaban la escena haciendo mil muecas diferentes. Parecían burlarse del francés y de sus locas "acrobacias".

Caminaron por un largo tramo de bosque cerrado que parecía un túnel verde donde apenas se podía distinguir si era de día o de noche. De repente, oyeron un ruido que no formaba parte de la sinfonía de la selva. El sonido, que retumbaba entre los árboles, parecía dirigirse hacia ellos y en seguida se convirtió en un ritmo tan aterrador que el animal se detuvo.

Minutos después, vieron una procesión de una secta de fanáticos que gritaban bajo el replique de tambores. Algunos hombres armados con lanzas llevaban a una hermosa joven, cubierta de joyas y vestida con una túnica adornada de oro. La joven parecía estar desmayada. El guía, que conocía las barbaridades de aquella secta, ocultó al elefante entre las plantas y susurró a los dos pasajeros:

— Es un ritual de sacrificio. La historia de esta mujer es un asunto muy comentado por aquí. Se llama misses Alda y será quemada viva, junto al cadáver de su marido, un rajá que murió hace unos días. El sacrificio se realizará mañana, con el primer rayo de sol.

— Debemos salvarla — dijo Phileas Fogg, sin perder la calma, después de consultar su reloj de bolsillo. Llevo doce horas de adelanto.

6 Sorprendente y arriesgado rescate

HORAS MÁS TARDE, Mister Fogg, Passepartout y el guía intentaron entrar en el templo para rescatar a la joven hindú, pero había muchos guardias que vigilaban a la viuda del rajá. No había nada que hacer. El señor Fogg llegó a pensar en avanzar con el elefante hacia su cautiverio para salvarla. ¿Pero cómo? Mientras regresaba con el guía al lugar donde se ocultaba el animal, Passepartout desapareció.

El sonido de los gongs anunció el inicio de la ceremonia. La joven hindú fue llevada a una pira para ser quemada junto al cadáver de su esposo. Un guardián encendió una antorcha para prender fuego a la madera. De repente, para horror de todos, el cadáver se levantó, tomó a la joven y corrió en dirección al elefante. Los fanáticos, asustados porque pensaron que era una divinidad poderosa, se tumbaron en el suelo y no se atrevieron a levantar la cabeza. Al acercarse al animal, la citada deidad, con la vestimenta del rajá resucitado, anunció:

—¡Salgamos de aquí!

La extraña figura pronto se reveló al señor Fogg y al guía. Era Passepartout, vestido de rajá. El francés dio un salto con la joven, todavía desmayada, hacia la parte delantera del cesto.

—¿Cómo lo hiciste? Preguntó el guía hindú, aterrorizado.

—Tuve que esconder el cadáver, y con la ropa del rajá me hice el muerto al lado de la jo...

Antes de que acabara de hablar, su truco fue descubierto

por los fanáticos, que se dirigían en dirección al elefante, en medio de gritos amenazadores. Entre balas y flechas, el grupo, a bordo del valiente paquidermo, desapareció en el bosque.

Después de muchos baches, pero sin más sustos, llegaron a Allahabad, donde tomaron el tren a Calcuta. Misses Alda empezó a recuperar el sentido. Para protegerla de una posible venganza de los fanáticos religiosos, Phileas Fogg convenció a la hermosa hindú que viajara hasta Hong Kong. La joven reveló que tenía familiares en esa ciudad situada en la costa china, que pertenecía también a la corona inglesa.

Un juicio en Calcuta

DESPUÉS DE PASAR POR LA CIUDAD RELIGIOSA DE BENARÉS y entrar en el valle Sagrado del río Ganges, el tren llegó a Calcuta. Eran exactamente las 7 de la mañana del 25 de octubre, veintitrés días después de haber dejado Londres. Phileas Fogg estaba dentro del plazo calculado. Sin ventaja ni atrasos. Sin embargo, cuando bajaron del vagón, hubo un terrible imprevisto: ¡Passepartout y mister Fogg fueron arrestados por un oficial de policía! La acusación: como el criado había entrado en un templo hindú en Bombay y no estaba permitido, ahora tendría que ir a juicio. ¡Su jefe también! A fin de cuentas, Phileas Fogg era responsable del comportamiento inadecuado del criado francés.

El motivo de ser arrestados por las autoridades era obra del agente Fix. Como Calcuta era territorio inglés, existía la posibilidad de recibir ahí la orden de arresto en unos días, por ello debía retener al ladrón. Era necesario al menos retrasar a mister Fogg. Mientras el caballero inglés estaba ocupado en el rescate de la joven viuda, Fix tuvo tiempo de convencer a los religiosos hindúes para que acusasen al caballero inglés y así tener la oportunidad de retenerlo en Calcuta. La gran prueba: ¡los zapatos que Passepartout había perdido al huir del templo!

¿Conseguirían defenderse de las acusaciones? ¿Habría tiempo de alcanzar el barco a punto de zarpar hacia Hong Kong? ¿Acabarían aquí las pretensiones de Phileas Fogg?

En el tribunal hindú, al ser juzgado y condenado de acuerdo con las leyes locales, mister Fogg tuvo que desembolsar una buena cantidad para pagar la fianza y ser liberados.

Sólo así conseguirían llegar a tiempo al puerto para alcanzar el barco a vapor *Rangoon*. Como la orden de detención aún no había llegado, el inspector Fix únicamente podía seguir al caballero de la forma más discreta posible. Pero...

Una hora más tarde, a las 12:00 h del 25 de octubre, el barco inglés, hecho de hierro y dotado de una gran hélice, zarpaba en dirección a Hong Kong. Phileas Fogg no llevaba ventaja ni retraso. Continuaba, todavía, controlando las horas, los minutos y los segundos. Y, a su lado, latiendo tan fuerte como los punteros de su reloj, se encontraba el corazón de la hermosa y joven hindú.

8 Incertidumbres en el mar y en tierra amenazan los planes de Phileas Fogg

EL RANGOON AVANZÓ CON FUERZA POR LAS AGUAS DEL OCÉANO ÍNDICO haciendo una escala rápida en Singapur, únicamente para repostar carbón. A bordo, el agente Fix se escondía para que no le vieran mister Fogg y Passepartout. Desde la ventana de su camarote, solo conseguía divisar un mar de dudas: ¿qué hacía esa mujer al lado del sospechoso? ¿Habría ido el caballero inglés aposta a buscarla a la India? ¿Habría alguna conspiración en el aire? No veía la hora de llegar a Hong Kong. En ese puerto, que era parte de los dominios ingleses, podría conseguir su orden y finalmente arrestar al excéntrico inglés.

Mister Fogg no podía imaginar que un oficial de policía lo estuviera persiguiendo por ser el gran sospechoso del robo al Banco de Inglaterra. Mientras tanto, misses Alda pudo conocer las costumbres e intenciones del hombre que había ordenado su rescate, salvándole la vida.

Pero mientras navegaban en alta mar, Passepartout acabó encontrando al inspector Fix. El agente inglés aprovechó el inesperado encuentro para alertarle sobre la posible razón del viaje de su jefe. El francés no creyó esa acusación y no tardó en llegar a una conclusión: ¡el inspector debía estar al servicio de los miembros del Reform Club para seguir a su jefe y comprobar que no hacía trampas para ganar la apuesta!

EUROPA
ASIA
SUEZ
CALCUTA
ADÉN
BOMBAY
SINGAPUR
AMÉRICA DEL SUR
SINGAPUR 31 - 10 - 1872
RANGOON

Medio día antes, según los cálculos de Phileas Fogg, el *Rangoon* atracó en Singapur. Todavía era el 31 de octubre. El tiempo corría a su favor. Por esta razón, aprovechó para dar un paseo con Misses Alda en carruaje alrededor de la isla. El paisaje, delimitado por palmeras, estaba adornado con plantaciones floridas de árboles tropicales que ensalzaban los encantos de la bella joven.

A las 11:00 h el *Rangoon*, completamente abastecido de carbón, soltaba las amarras y zarpaba en dirección a Hong Kong. El barco navegaba tan rápido que, pocas horas después, sus pasajeros ni siquiera podían ver las montañas de Malaca, hogar de los tigres más bellos del planeta.

El mar comenzó a presentar cambios de humor. En un momento se enfurecía en tormentas, para luego calmarse tanto que ningún viento impulsaba el *Rangoon*. Por eso, tan solo llegaron a Hong Kong un día después de lo programado: ¡el 6 de noviembre!

Afortunadamente, el barco que los llevaría a la siguiente escala estaba atrasado. De hecho, el barco a vapor *Carnatic* estaba en reparación y se estimaba que saldría por la mañana del día siguiente.

Este tiempo fue aprovechado por mister Fogg para desembarcar e ir en busca de los parientes de misses Alda. Al visitar el centro comercial de la ciudad, la joven descubrió que el primo con el que esperaba encontrarse, se había mudado hacía mucho tiempo a Holanda. Sin nada más que hacer, mister Fogg invitó a la hindú a que le acompañara a Europa.

— ¡No quería abusar de usted, mister Fogg!
— dijo la joven, avergonzada.
— Su presencia no altera mi programa, — respondió fríamente Phileas Fogg.

Misses Alda, cada vez más fascinada con el decidido caballero, aceptó en seguida su sincera invitación para continuar dentro de su increíble aventura.

Hong Kong podría ser la última gran oportunidad de Fix para detener a mister Fogg en su sospechosa vuelta alrededor del mundo. A fin de cuentas, de ahí en adelante ya no pisarían más suelo británico. Por ello, solo podría detenerlo cuando mister Fogg regresase a Inglaterra. Pero, ¿realmente planeaba regresar a Londres? Fix no quería arriesgarse. Como la orden de arresto no llegaba, decidió retrasar el viaje del caballero y la única forma que encontró fue distraer a Passepartout. El agente lo invitó a dar un paseo por la ciudad. El francés deambulaba por las calles fascinado por un festival de novedades, luces y colores.

Cuando se dio cuenta, estaba solo, perdido en un laberinto de callejones. Cuanto más caminaba, más aturdido estaba. ¿Conseguiría regresar antes de la hora de salida del barco?

Al día siguiente, el 7 de noviembre, mister Fogg llegó al puerto para embarcar en el *Carnatic* y se deparó con una terrible sorpresa: la embarcación había sido reparada antes del plazo previsto y ya se había marchado con destino a Japón. Para empeorar las cosas, Passepartout no estaba en el muelle. ¿Qué le habría pasado a su criado? ¿Habría desaparecido dentro de la ciudad o habría embarcado en el navío? ¿Su vuelta al mundo en 80 días correría peligro?

Maniobras arriesgadas en oriente

A PESAR DE QUE NO HABÍA EMBARCADO EN el barco que los llevaría a Yokohama, y sin rastro de Passepartout, mister Fogg no perdió la calma. Caminó por el puerto hasta encontrar algún medio de transporte que pudiese hacer aquel trayecto. Precisaba llegar a tiempo para subir a bordo del *General-Grant*, el barco a vapor que cruzaría el océano Pacífico rumbo a Estados Unidos.

El inspector Fix seguía sus pasos y esperaba que mister Fogg se atrasase. Pero la suerte volvió al lado del decidido caballero. Mientras bajaba por el muelle, se cruzó con el dueño de un velero, a quien le preguntó:

— ¿Conoce alguna forma de llegar a Yokohama, Japón, hasta el día 14 como máximo? Necesito ir a San Francisco.

— ¡No! ¡Sería una ruta muy arriesgada para mi preciosa *Tankadère*! — respondió el viejo marinero de mar, quien continuó: — Pero puedo ir a Shanghai, en la costa china. Además de ser una ruta más segura, es ahí donde el barco americano comienza su viaje. Solo después atraca en Yokohama.

— Perfecto. Entonces, trato hecho.

Eran las 15:10 h del 7 de noviembre cuando se izaron las velas y el valiente velero, que parecía participar en una carrera, partió de Hong Kong. A bordo, se acomodaban mister Fogg, misses Alda y el incansable Fix. Para no perder al sospechoso de vista, el agente había aceptado la invitación de navegar a lo largo de la costa, sin que Phileas Fogg ni siquiera desconfiase de sus intenciones. Mister Fogg todavía esperaba encontrar a Passepartout en la próxima escala de su viaje.

No pasó mucho tiempo antes de que el mar se revelase. La tormenta fue todavía más fuerte por la noche. El *Tankadère* enfrentaba valientemente olas altas y amenazantes. Las agujas del reloj también parecían querer revelarse, como si corrieran más rápido. Pasaron cuatro días agitados. El 11 de noviembre, cuando se acercaban al puerto de Shanghái, un barco se perfilaba en el horizonte como si anunciara que los planes de Phileas Fogg habían fracasado: ¡el *General-Grant* acababa de partir rumbo a América!

— ¡Bandera a media asta! ¡Fuego! — ordenó mister Fogg, sin perder tiempo.

El estallido provocado por el pequeño cañón se oyó a kilómetros de distancia. Mister Fogg sabía que, dentro de la convención náutica, esas señales servían para pedir socorro a otra embarcación. Era como si estuvieran en una situación de emergencia. Y, en cierto modo, lo estaban. Principalmente, el caballero Phileas Fogg en su increíble disputa alrededor de la tierra.

El plan funcionó: minutos más tarde, después de ser rescatados del velero, el trío estaba bien acomodado en el barco a vapor americano, navegando a San Francisco, con escala en Yokohama. Fix no se despegaba de Phileas Fogg, quien seguía reinando sobre el tiempo, como si las horas, los minutos y los segundos fueran sus súbditos.

Después de un viaje sin incidentes, al llegar al puerto japonés, mister Fogg y misses Alda bajaron para tratar de descubrir el paradero de Passepartout. ¿Se habría quedado en Hong Kong o habría podido embarcar en el *Carnatic*? Cuando se dirigieron a las autoridades, recibieron una buena noticia: ¡El nombre del francés estaba en la lista de pasajeros! Pero como ya no estaba a bordo, Phileas Fogg enseguida salió a buscar a su criado, visitando el consulado francés y recorriendo las calles de la ciudad. En vano. No había ni rastro de Passepartout.

Sin nada más que hacer, retornaron al puerto. Sin embargo, poco antes de embarcar con misses Alda, el azar los llevó a un espectáculo delante del *General-Grant*, donde asistieron a una gran atracción de acrobacia: una pirámide de hombres narigudos con alas, que parecían naipes de una baraja.

El público aplaudía, entusiasmado, cuando, al son de los tambores, la pirámide se desplomó. Claro, uno de los narigudos saltó delante de todos gritando…
— ¡Jefe! ¡Jefe!

Mister Fogg y misses Alda reconocieron inmediatamente a Passepartout, mientras decenas de narigudos caían por todos lados, como si fuese un castillo de naipes desmoronándose. Más tarde entendieron lo que había sucedido: el criado, al llegar a Japón en el *Carnatic*, buscó trabajo para ganar dinero y agenciárselas para viajar en el *General-Grant*, con la esperanza de volver a encontrarlos. Como era un as en acrobacias, fue contratado. Sin embargo, en el momento más importante del espectáculo, ¡casi se cae en el regazo de su patrón!

El 14 de noviembre el trío subía a bordo del majestuoso barco a vapor americano. Sin darse cuenta de que, otro pasajero, ya se había instalado a bordo: el incansable inspector Fix.

Travesía en América, una larga aventura sobre raíles

A PESAR DE LA INMENSIDAD DEL MAYOR DE LOS OCÉANOS, el Pacífico justificó su nombre: el *General-Grant* hizo la larga travesía de casi tres semanas sin ningún sobresalto. Con más de la mitad de la vuelta al mundo recorrida, Phileas Fogg llegaba el 3 de diciembre a San Francisco, en la costa oeste americana, sin ningún día de atraso según sus cálculos.

A las 7 de la mañana, cuando pisaron el suelo de California, el criado francés dio otro traspié. Passepartout, emocionado por llegar a un nuevo continente, no se resistió e hizo una pirueta sobre el firme suelo del puerto. Para su mala suerte, el piso estaba podrido y se hundió en la madera. ¡La acrobacia pronto se convirtió en la presentación de un payaso desgarbado!

Después de tantos días en alta mar, ahora tendrían mucha tierra por delante: para llegar a Nueva York necesitaban cruzar los Estados Unidos, en una larga aventura sobre raíles. Como el tren que los llevaría en esta nueva etapa solo saldría por la noche, tuvieron tiempo para caminar y disfrutar de la ciudad de San Francisco. Se sorprendieron a causa de sus calles anchas, sus casas bajas, alineadas con precisión, sus curiosos tranvías movidos por caballos, gigantescos almacenes que parecían palacios y aceras llenas de gente de todos los rincones del mundo.

El señor Fogg se dirigió al consulado para sellar su pasaporte y allí encontró a Fix. Cualquiera extrañaría la presencia del detective, pero Phileas Fogg ni se inmutó. Ni parpadeó. El agente, por su parte, fingiendo sorprenderse de encontrarlos allí, se ofreció a acompañarlos una vez más. En verdad, como estaban en territorio que no era británico, sería aún más difícil arrestar al hombre que tenía por un gran asaltante. Solo podía asegurarse de que mister Fogg regresara a Inglaterra. Si por él hubiera sido, Passepartout le habría dado una buena paliza al oficial de policía, la persona que tenía la culpa de que él se hubiese perdido en Hong Kong. Claro, Fix lo introdujo en un laberinto y después lo dejó solo. A pesar de todo, por miedo a causarle más problemas a su jefe, el criado decidió no hacer nada.

Eran las 17:45 h cuando llegaron a la plataforma de la estación de Oakland, punto de partida de una larga aventura en el interior del país. Exactamente quince minutos más tarde, la locomotora pitó estruendosamente y enfiló hacia el este. "De Océano a Océano", ese era el nombre de la línea del ferrocarril de unos seis mil kilómetros que

unía de punta a punta los Estados Unidos de América. En un pasado no lejano, para ir de costa a costa, se tardaba por lo menos seis meses. Ahora, con el ferrocarril, dividido en tres tramos, bastaban solo siete días. Este transcurso convenía al inglés: le daría tiempo de llegar a Nueva York y tomar el barco que lo llevaría a Liverpool el 11 de diciembre.

La locomotora inició su curso a lo largo de la línea férrea rumbo a Ogden, en el estado de Utah, el primero de los tres tramos que debería cubrir. El tren avanzaba serpenteando las laderas de las montañas. A veces, pasaba al borde de precipicios sin perder velocidad, mezclando el sonido de su silbato y su estruendo al de las cascadas y ríos caudalosos.

De repente, otro estruendo que venía de fuera llamó la atención de los pasajeros. De hecho, no era solo uno, eran muchos. Sí, millares de bisontes, tal vez diez mil, acompañaban el desplazamiento del tren que, unos minutos después, se detuvo. Estaban en las praderas del estado de Nevada, donde los rumiantes llegaban a formar verdaderas cadenas móviles que podían bloquear las vías férreas. Y precisamente ese día, la cadena bovina bloqueó el camino de mister Fogg.

Desde la ventana de su vagón, Passepartout, cada vez más involucrado con la aventura de su patrón, observaba todo con impaciencia. El inquieto francés maldecía a los animales, a los Estados Unidos y al maquinista que conducía la locomotora:

—¿Qué país es este en el que los animales detienen las máquinas? ¿Por qué el maquinista no los atropella? ¡Qué pérdida de tiempo!

Desde su asiento, Phileas Fogg observaba tranquilamente el desfile de los bisontes, que parecía no tener fin y que podía perjudicar sus planes. Él no se molestaba. Pero ¿conseguiría recuperar este retraso en su camino hasta Nueva York? Los barcos podían navegar más rápido gracias a vientos favorables. Los trenes, no. ¿Habría alguna manera de acelerar y ganar tiempo?

11 La nieve puede congelar los planes de Phileas Fogg

DESPUÉS DE TRES HORAS AGOTADORAS DE ESPERA, el tren reanudó el viaje ya entrada la noche. Al día siguiente, el 6 de diciembre, llegaron a la estación de Ogden, donde aprovecharon para pasear un poco. La salida para Omaha, en el corazón del país y destino del segundo tramo de la larga travesía por los Estados Unidos, ocurriría solo a última hora de la tarde. Ogden seguía el patrón de las ciudades americanas. Parecía un gran tablero de ajedrez, con sus largas líneas rectas. Fix, fingiendo ser un verdadero compañero de aventuras, andaba pegado a Phileas Fogg.

La travesía por el estado de Utah transcurrió sin mayores incidentes. Ni siquiera la nieve retrasaba la marcha de la locomotora. Pero de repente, se detuvo. Ahora no eran los animales los culpables…

— ¡No hay manera! El puente de Medicine Bow está roto y no soportará el peso del tren — anunció un guardia ferroviario.

¡Tendrían que seguir a pie hasta la siguiente estación, lo que significaba caminar seis horas por la nieve! La noticia sentó fatal a muchos pasajeros y, poco después, un griterío resonó a lo largo de la línea férrea hasta que…

— ¡Tengo una solución! – exclamó el maquinista.

— Si la locomotora, con sus vagones, toma una buena distancia y arranca a alta velocidad, existirá la posibilidad de cruzar el puente. Creo que la velocidad compensará el peso reduciendo así la presión sobre la estructura dañada.

Los temores de los pasajeros sobre el peligro de esa loca proposición disminuían a medida que aumentaba el deseo de abandonar ese gélido lugar y cada uno de ellos poder llegar a su destino. Todos regresaron a sus asientos, la locomotora echó marcha atrás casi dos kilómetros y entonces, como un toro enfurecido, arrancó alcanzando una velocidad de ¡ciento cincuenta kilómetros por hora! Como un rayo, el tren fue de un lado a otro del río y solo consiguió parar ocho kilómetros más adelante. Sin embargo, tan pronto como el último vagón atravesó el puente, este se desplomó en pedazos en los rápidos del río Medicine Bow.

Los sobresaltos no acabarían ahí. Muy por el contrario, acompañarían a los viajeros por las vías del estado de Nebraska. El mayor de ellos, fue un aterrador ataque de saqueadores, que planeaban robar la carga y pertenencias de los pasajeros. Montados a caballo, aparecieron en bandas a ambos lados de la vía del tren y trataron de entrar en los vagones en movimiento. En medio de disparos y de una lluvia de piedras, la locomotora, valiente, logró mantener su rumbo. Sin embargo, con muchos pasajeros heridos y algunos vagones dañados, el maquinista se vio obligado a parar en Forte Kearney.

Afortunadamente, Phileas Fogg y sus compañeros de viaje no estaban heridos. En cambio, los planes del caballero inglés sí que sufrirían un gran revés: con tantos contratiempos, ¡solo saldría un tren para llevarlos a Omaha al día siguiente!

Con un atraso de veinte horas, Phileas Fogg parecía que no llegaría a tiempo a Nueva York para subir al barco que lo llevaría de vuelta a Inglaterra ¡No sabía cómo llegar a Omaha! Se quedó inmovilizado en medio del camino. Misses Alda estaba inconsolable. Passepartout también temía la suerte de su jefe. La nieve no se derretía. El viento soplaba con fuerza. Pero, sería ese fuerte viento el que salvaría los planes del tranquilo caballero inglés. Fix, que quería llegar cuanto antes a Londres para poder arrestar a su sospechoso, encontró una solución increíble. Durante los días en que las locomotoras con los vagones no podían circular por las vías congeladas, un residente de Forte Kearney, llamado Mudge, había inventado un medio de transporte muy extraño: ¡un trineo a vela!

Mister Fogg alquiló rápidamente el curioso vehículo, y en unos pocos minutos, salió de la pequeña estación al lado del fuerte. Las llanuras parecían una enorme alfombra de hielo por donde el trineo se deslizaba con facilidad, dirigido por su ágil piloto. Ni siquiera los lobos hambrientos, que corrían salvajemente detrás de la nave, lograban alcanzarlos. Por fin llegaron a Omaha. Allí solo tuvieron tiempo para alcanzar un vagón de tren en movimiento que los llevaría hasta Chicago. Al día siguiente, el 10 de diciembre, a las 16:00 h, después de atravesar el estado de Iowa con una velocidad impresionante, llegaban a la gigantesca estación de la principal ciudad del estado de Illinois. Desde Chicago había líneas para todos los rincones y, por eso, mister Fogg no tuvo ningún problema para conseguir un transbordo con destino inmediato a Nueva York.

La poderosa locomotora, como si supiera la prisa que tenía su ilustre pasajero, atravesó como un rayo los estados de Indiana, Ohio, Pennsylvania y Nueva Jersey. Ya muy entrada la noche del 11 de diciembre, vieron el río Hudson que perfilaba la famosa ciudad de los Estados Unidos. A las 23.15 h, llegaron a la estación de Nueva York, frente a los muelles desde donde salían los barcos rumbo a Europa. Pero...

¡El barco a vapor *China* había partido rumbo a Liverpool hacía cuarenta cinco minutos!

La emocionante travesía del océano Atlántico

EL BARCO CHINA PARECÍA HABERSE LLEVADO LAS ÚLTIMAS ESPERANZAS DE PHILEAS FOGG. De hecho, no saldrían más barcos de pasajeros para Europa en las siguientes horas. El tiempo parecía haberse vuelto en contra del caballero. Él, sin ni siquiera mostrar ningún gesto de preocupación, decidió que deberían tener una buena noche de sueño en un hotel.

A la mañana siguiente, el señor Fogg salió solo en dirección al puerto. Eran las 7:00 h de la mañana del 12 de diciembre. El día 21, a las 20:45 h, debía estar al otro lado del océano Atlántico, más concretamente en el Reform Club de Londres. Quedaban, pues, únicamente nueve días, trece horas y cuarenta y cinco minutos. Si hubiese embarcado en el *China*, podría llegar a la hora deseada. El tic tac del reloj no daba tregua y solo dejó de escucharse con nitidez cuando sonó el silbato de un carguero, que estaba a punto de partir. Su nombre: *Henrietta*. Destino: Burdeos, Francia. Su capitán, llamado Speedy, estaba con los preparativos finales.

Tras una negociación que parecía no tener fin, Phileas Fogg llegó a un acuerdo con el capitán Speedy para ir a... ¡Francia! ¿Vaya, Francia? ¿Pero no tenían que ir a Inglaterra? Esta fue la pregunta que se hicieron, durante algunas horas, el trío que acompañaba al decidido miembro del Reform Club. No tardarían en descubrir cuáles eran sus verdaderos planes.

A las 9:00 h en punto, es decir, poco tiempo después, mister Fogg, misses Alda, Passepartout y el inspector Fix se habían instalado a bordo del *Henrietta*.

El viaje y el océano impredecible anunciaban cambios radicales. A la mañana siguiente, sucedió el primero de ellos. Adivinad quién apareció al mando del barco como nuevo capitán...

¡Nada menos que Phileas Fogg! El nuevo destino: ¡Liverpool! El capitán Speedy había sido encerrado en un camarote y, desde allí, solo era posible escuchar gritos y palabrotas. La tripulación, cansada del maltrato del viejo marinero, comenzó a obedecer al decidido caballero inglés.

Los primeros días de travesía por el océano Atlántico fueron tranquilos. Todo parecía conspirar a favor del frío y calculador inglés. Fix ya no entendía nada y lo único que podía hacer era esperar. Por su parte, misses Alda estaba cada vez más encantada con las hazañas de mister Fogg. Y Passepartout, en fin, se unió a la tripulación de amotinados y comenzó a ayudar en las tareas de a bordo.

A partir del 13 de diciembre, a su paso por Terranova, el océano se despertó y dio su señal de rebelión. Un temporal interminable retrasó el avance del *Henrietta*, lo que obligó a recoger las velas y avanzar solo con la fuerza de los motores cuyo combustible era carbón. Sin embargo, para hacer frente a las grandes olas y seguir con fuerza, necesitaban mucho combustible. En poco de tiempo, el preciado carbón se había acabado.

El capitán no tuvo más remedio que quemar todo lo que había a bordo para transformarlo en carbón: armarios, camas, barriles, cortinas, tabiques, sillas y lo que quedaba de la cubierta. Pero solo lo hizo con la aprobación del propietario del *Henrietta*, quien fue finalmente liberado. A cambio, mister Fogg decidió pagar una fortuna por la embarcación. De esta forma, se mantenían sus esperanzas de completar la vuelta al mundo a tiempo.

Mientras que el tiempo fuera no se calmaba, el reloj tampoco parecía dar tregua. Según sus cálculos, Phileas Fogg se dio cuenta que no llegaría a Liverpool en la fecha deseada. A fin de cuentas, eran las 10 de la noche del 20 de diciembre y no habían llegado todavía a la costa de la isla de Irlanda, que se encontraba en la ruta hacia Inglaterra. Todavía quedaba mucho mar por delante y, además, dudaba que el barco, que parecía una hoguera flotante, pudiese soportar el viaje.

De repente, en medio de la oscuridad, como señales de salvación, aparecieron unas luces en el horizonte. El capitán Speedy anunció que estaban cerca del puerto de Queenstown, en la costa irlandesa. Cuando supo que había un tren que unía esa ciudad a la capital, al otro lado de la isla, Phileas Fogg hizo varios cálculos y concluyó que ganaría un tiempo precioso haciendo el trayecto por tierra.

Seguido por sus compañeros de viaje, desembarcó rápidamente en el puerto y en pocos minutos tomaron el tren que unía Queenstown con Dublín. Luego, desde la capital de Irlanda, conseguirían tomar uno de los rápidos barcos a vapor que la conectaban con Liverpool.

Eran las 11:40 h del 21 de diciembre cuando Phileas Fogg finalmente pisó suelo inglés. Se encontraba en Liverpool, a unas horas de Londres. Sin embargo, en ese momento, el inspector Fix se acercó y, siguiendo la tradición británica, puso la mano en el hombro de mister Fogg y preguntó, mientras mostraba por fin su orden de arresto:

— ¿Usted es verdaderamente Phileas Fogg?
— ¡Sí, señor!
— ¡En nombre de la reina, está bajo arresto!

¿Última parada para Phileas Fogg?

PHILEAS FOGG HABÍA SIDO ARRESTADO. El caballero había sido detenido en la aduana de Liverpool, donde debería pasar el resto del día. Passepartout no pudo contenerse y se abalanzó sobre el traicionero inspector. Quería arrancarle todos los pelos del cabello, del bigote, de la barba... Pero fue a él a quien arrancaron de ahí dos policías. Misses Alda, indignada, protestaba, pero sin éxito. En cuanto al inspector Fix, había cumplido su misión, ya fuera Fogg culpable o inocente. Eso lo debería decidir la justicia.

Phileas Fogg, sentado sobre un vacío banco de madera de su celda, miraba inmóvil su reloj que estaba sobre la mesa. Él, que hasta entonces había controlado el tiempo, sentía en ese momento que se le escapaba el segundero del reloj, llevándose también sus posibilidades de ganar la apuesta. La campana de la catedral sonó con fuerza, como anunciando su derrota.

A las 14:33 h, la puerta de su celda se abrió con un estruendo. Misses Alda, Passepartout y Fix entraron, agitados. El inspector, jadeando, le informó:

— Señor, perdón... Una coincidencia increíble... El verdadero ladrón de bancos... Inglaterra... encontrado y arrestado. ¡El señor... libre!

Por primera vez, mister Fogg perdió la calma y le golpeó en la cara al inspector.

— ¡Golpe perfecto! Exclamó Passepartout, de forma vengativa.

53

Mister Fogg, sin dejar escapar de sus manos ni un segundo más, se colocó su reloj y prácticamente se lanzó a un taxi que lo llevaría, en compañía de la joven y su fiel criado, hasta la estación. Como el expreso para Londres ya se había ido, tuvo que contratar un tren especial y, a las 15:00 h, partieron en dirección a la capital.

Pero la suerte parecía querer salir de los raíles. En el camino, varias veces, la locomotora tuvo que frenar e incluso parar. Llegaron a la estación central cuando todos los relojes de Londres marcaban las 20:50 h, cinco minutos después de la hora en que el caballero debería haberse presentado en el Reform Club. ¡Phileas Fogg había perdido la apuesta!

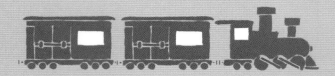

Al día siguiente, la casa de la calle número 7 de Saville Row parecía vacía. No se escuchaba ningún ruido. No había luces encendidas. Ni su residente Phileas Fogg, ni su noble invitada, ni siquiera Passepartout daban señales de vida. Pasaron todo el día recogidos y quietos, como si fuesen parte del mobiliario, sin poder creer en su mala suerte.

¡Derrotado! Era como se sentía Phileas Fogg. Después de realizar un largo viaje alrededor del mundo, superar innumerables obstáculos, enfrentar mil peligros e incluso haber hecho buenas acciones en el camino, después de todo eso... Había perdido esa gran batalla contra el tiempo. Además, había gastado la mayor parte de su dinero haciendo ese viaje. Y con el pago de la apuesta, le quedaría muy poco. Más que vencido, ¡estaba arruinado! Pensaba que no era necesario presentarse, atrasado, delante de los colegas del Reform Club. Había perdido. Solo tenía que pagar la apuesta en el banco. Solo eso y nada más. Era su fin.

Ese triste y oscuro domingo solo ganaría un brillo especial al final de la tarde cuando mister Fogg fue hasta la habitación reservada para misses Alda con el fin de tener una conversación privada.

— Perdón, misses Alda, por haberle traído a Inglaterra — dijo después de un largo silencio. — Permítame, señora, darle un hogar y con lo poco que me resta, tratar de darle una existencia digna.

— Mister Fogg — dijo misses Alda, mirándolo a los ojos y sosteniendo con firmeza una de las manos del hombre que le había salvado la vida. — El señor es mucho más que una persona valiente. Su corazón es muy generoso y me conquistó. Deseo ser su esposa ¿Quiere casarse conmigo?

— ¡Sí, te amo! Respondió Phileas Fogg. ¡Te amo más que a todas las cosas que existen en este mundo!

Enseguida llamaron a Passepartout. Al entrar en la habitación, su jefe le ordenó buscar al reverendo Samuel Wilson inmediatamente en la parroquia de Mary-le-Bone. Quería que el sacerdote celebrase una sencilla ceremonia de boda el lunes.

— ¿Mañana? — preguntó dirigiéndose a misses Alda.

— ¡Sí, mañana, el lunes! – confirmó la joven.

Passepartout salió disparado por las calles ya oscuras de Londres hasta la parroquia.

Medio entrecortado, le dijo al reverendo Samuel Wilson lo que le habían ordenado hacer.

— Necesito que usted celebre una boda mañana.

— El reverendo miró asombrado a Passepartout y le dijo:

— ¡No puedo celebrar la boda mañana, joven!

— ¿Por qué? ¡Mañana es lunes!

— ¡No, señor, mañana es domingo!

El joven francés casi se desmaya. Difícil de creer, pero mister Fogg se había equivocado en sus cálculos en un día y ¡habían llegado veinte y cuatro horas antes de la fecha límite!

Passepartout regresó a casa como una locomotora, atravesando y atropellando todo lo que se le ponía por delante. Cuando llegó al número 7 de Saville Row, había pasado casi un día desde que habían llegado a la estación principal de Londres. Eran las 20:35 h: faltaban solo diez minutos para que el reloj diera las 20:45 h, plazo máximo en el que su patrón se había comprometido a llegar al Reform Club.

Phileas Fogg solo tuvo tiempo de recoger su sombrero de copa y empujar a misses Alda por los brazos. En el camino, encontraron un taxi de caballos, que estaba siendo reparado por su cochero...

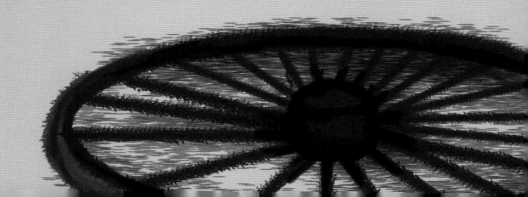

14 La expectativa por la llegada de Mister Fogg en el Reform Club y en toda Inglaterra

ES IMPORTANTE CONTAR AQUÍ LO QUE SUCEDIÓ EN TIERRAS BRITÁNICAS, especialmente después de la detención del asaltante del Banco de Inglaterra, en Edimburgo, el 17 de diciembre. Phileas Fogg hasta entonces era el principal sospechoso y su vuelta al mundo se consideraba una forma inteligente que el señor había encontrado para huir con todo el dinero. Desde el arresto del verdadero criminal, todos comenzaron a creer en sus intenciones. La mayoría de ellos empezaron a animarlo.

En los periódicos, no se hablaba de otra cosa. En las calles de toda Inglaterra, damas y caballeros querían tener cada vez más noticias del excéntrico caballero. ¿Imagináis sus colegas del Reform Club? Los últimos días estaban inquietos. El día en que arrestaron al ladrón, se cumplían setenta y seis días en que Phileas Fogg había iniciado su vuelta al mundo. Todos se preguntaban sin cesar: ¿llegaría el noble inglés al salón del club el sábado, 21 de diciembre, a las 20:45 h?

La expectativa aumentaba día a día. Sin embargo, no se recibían más noticias del señor Fogg. ¿Estaría en Asia? ¿En América? Nadie lo sabía. Ni siquiera la policía conocía el paradero del inspector Fix, quién debería estar tras la pista del hasta entonces sospechoso.

El 21 de diciembre, cuando Phileas Fogg debería llegar al Reform Club, Londres se detuvo. En Pall Mall, donde se situaba el noble edificio, y en todas las calles vecinas, una multitud se congregaba a la espera de la llegada de mister Fogg. Sus cinco colegas aguardaban en el salón del club. Los banqueros John Sullivan y Samuel Fallentin; el ingeniero Andrew Stuart; Gauthier Ralph, administrador del Banco de Inglaterra; y el cervecero Thomas Flanagan eran los que esperaban con mayor ansiedad de todo el país. El reloj marcaba las 20:25 h.

— Señores, en veinte minutos finaliza el plazo estipulado con mister Fogg — dijo Andrew Stuart, levantándose.

— No tenemos noticias suyas. En la lista de pasajeros del *China* no constaba el nombre de Phileas Fogg — añadió John Sullivan.

— Este proyecto era una locura. No se podían prever los atrasos inevitables durante el viaje — señaló Thomas Flanagan.

— Estoy seguro de que mañana recibiremos el cheque de nuestra apuesta ¡Ha perdido! — dijo Gauthier Ralph.

En medio de la conversación, el reloj del pasillo avanzó hasta marcar las 20:40 h. Solo faltaban cinco minutos para el final. Los colegas se miraban, impacientes. Todos tenían en mente el comportamiento reservado de Phileas Fogg. Su viaje, al igual que su vida, estaba rodeado de misterio. El nerviosismo aumentaba.

— ¡Son las 20:43 h! — dijo Thomas Flanagan unos minutos después.

Nadie se movía en el Reform Club. Pero fuera la multitud se agitaba y gritaba con fuerza.

— ¡Ahora son las 20:44 h! — dijo John Sullivan, respirando pesadamente. La aguja de los segundos del reloj del gran salón comenzó su última vuelta.

Faltaban cincuenta segundos. Cuarenta. Treinta segundos

Nadie decía una sola palabra. No se escuchaba ni siquiera un suspiro. Todos los ojos estaban fijos en la puerta, que permanecía cerrada.

Veinte. Diez segundos para que el badajo marcase las 20:45 h…

15 El único error de cálculo del metódico Phileas Fogg

CUANDO FALTABAN CINCO SEGUNDOS, la puerta del gran salón se abrió y…

— "¡Aquí estoy, caballeros!

Era Phileas Fogg, seguido de la multitud que gritaba y aplaudía.

Ante la sorpresa de sus colegas, añadió:

— ¡Sí, Phileas Fogg en persona!

Mister Fogg había ganado su increíble apuesta. ¡Había conseguido dar la vuelta al mundo en ochenta días!

Estimado lector, también debes estar sorprendido con esta increíble historia de Phileas Fogg. Después de todo, ¿qué habría pasado? ¿Cómo se produjo ese error de cálculo? Muy sencillo. Tan sencillo que se escapó del control del metódico inglés. Sin darse cuenta, mister Fogg había ganado un día en su itinerario precisamente porque había dado la vuelta al mundo. De hecho, cuando se viaja en dirección al este de la Tierra, por delante del sol, los días se acortan cuatro minutos a cada grado que se atraviesa en esa dirección. Si multiplicamos 360° de la circunferencia de nuestro planeta por cuatro minutos, ¡el resultado es exactamente veinticuatro horas, es decir, un día!

Para decirlo de otra manera, mientras que Phileas Fogg viajaba hacia el este, vio pasar el sol ochenta veces en el meridiano. En cambio, sus colegas del Reform Club lo habían visto setenta y nueve. Esta es la razón por la que aquel día era sábado y no domingo, como creía inicialmente el caballero.

Pero, a fin de cuentas, ¿qué ganó Phileas Fogg al dar la vuelta al mundo? ¿Qué conquistó realmente durante su viaje?

Nada, podrían decir algunos. ¿Pero nada de verdad? No podemos olvidar que pudo apreciar lo rico que es el mundo con sus culturas diferentes e incluso, conquistar a una mujer encantadora, ¡lo que le convirtió en el hombre más feliz del mundo!

JULES VERNE, autor de esta obra, nació en Nantes, Francia, en 1828. Como era el mayor de cinco hermanos, su padre quería que continuara con los negocios familiares. Por eso, estudió derecho en su ciudad natal y luego en París. Pero lo que verdaderamente le gustaba a Jules era el mundo de las artes. Con poco más de diez años, siempre llevaba consigo un pedazo de papel y un lápiz y no paraba de escribir. Fue a través del teatro, con la ayuda de Alexandre Dumas, cómo Jules Verne comenzó a ser conocido entre el público. Poco después, el hábil editor Jules Hetzel percibió el gran talento de Verne para la literatura. Su primera novela, *Cinco semanas en globo*, hizo que el escritor francés iniciase una carrera con vuelos cada vez más altos. Luego vinieron *La vuelta al mundo en 80 días*, *Veinte mil leguas de viaje submarino*, *Viaje al centro de la Tierra*, *De la Tierra a la Luna* y *La isla misteriosa*. Fue uno de los grandes pioneros de las novelas de ciencia ficción, en una época de grandes invenciones (siglo XIX), como la electricidad, el teléfono, el barco a vapor y los ferrocarriles.

LOURDES BALLESTEROS MARTÍN, traductora de esta obra, nació en la tierra de Don Quijote y, desde muy pequeña, viajó por La Mancha en busca de aventuras. Después, en Madrid, se formó en Filología Francesa e Hispánica, y en Antropología Social y Cultural, lo que incrementó su pasión por las lenguas románicas y por la diversidad cultural del mundo. Trabajó como directora gerente del Colegio hispano-brasileño Miguel de Cervantes en São Paulo durante 6 años y fue condecorada con la Cruz de la Orden de Isabel la Católica. En 2021 fundó la Red por el Patrimonio Mundial. Actualmente vive en Madrid.

DANILO TANAKA, ilustrador de esta obra, nació en la zona sur de São Paulo y, desde pequeño, le apasiona dibujar. A los doce años, hizo su primer curso de dibujo, y a los trece años, ganó su primer premio: "Destaque especial". Desarrolla varios estilos de pintura. Licenciado en Publicidad y Propaganda y MBA en Marketing, ganó también el Premio Design Packaging de la ABF + RDI Design en 2016-2017.